魅丽文化 飞魔幻工作室

任何天气 都开心

[新加坡] 李凯馨 著

Happy in any weather

江苏凤凰文艺出版社

图书在版编目（CIP）数据

任何天气都开心 /（新加坡）李凯馨著 . -- 南京：
江苏凤凰文艺出版社，2019.9
ISBN 978-7-5594-3985-7

Ⅰ. ①任… Ⅱ. ①李… Ⅲ. ①散文集 - 新加坡 - 现代
Ⅳ. ①I339.65

中国版本图书馆 CIP 数据核字 (2019) 第 165419 号

任何天气都开心

（新加坡）李凯馨 著

出版人　张在健
责任编辑　张　倩　王　青
特约编辑　王欣苇
装帧设计　A BOOK STUDIO 蜀黍 Design 461084
出版发行　江苏凤凰文艺出版社
　　　　　南京市中央路 165 号，邮编：210009
网　　址　http://www.jswenyi.com
印　　刷　湖南新华精品印务有限公司
开　　本　880mm × 1230mm　1/32
印　　张　6.5
字　　数　14 千字
版　　次　2019 年 9 月第 1 版，2019 年 9 月第 1 次印刷
书　　号　ISBN 978-7-5594-3985-7
定　　价　48.00 元

一个人的好天气

自由极光

自由极光，畅销书作家，编剧。

Hey，当你打开这本书的时候，是凯馨的十九岁。

十九岁，是什么颜色，是红橙蓝绿青蓝紫，是雨后彩虹，是晴空万里，是我们在湛蓝海边共享的那一杯橙汁，是初爱上一个人时为他掉下眼泪的透明感。

这是一本有这样诸多色彩的书。

在这本书里，凯馨毫无保留，把她生命中浅浅的颜色，展露给你，分享给你，奉献给你。

是的，浅浅，一个少女的心事，一个人青春初始的梦和遗憾。

没有那么浓烈，却像是我们小时都曾拥有过的那一枚万花筒，有着它永远不会知道的绚烂。又因为这一份不自知，却更显珍贵。

十九岁的凯馨，是个什么样的女孩呢？

如果你第一次见她，一定会先听到她爽朗的笑声，继而她会毫无保留地同你分享她的生活，洒满阳光的，就算是转瞬即逝的乌云时刻，也会被她的讲述，镶嵌上金色的边。

她是所有文艺作品里少女的样子，没有一点女艺人们如影随形的小缺点。

不会太自我，又很会倾听，还乐于跟你说说她的小梦想。

是的，梦想，一个我们在长大后羞于启齿的词。

可她闪耀着眼睛，露着洁白牙齿，微笑着大方跟你讲述时。

你会相信，你会祝福。

你会真诚地看着她，在心底，默默希望她梦想成真。

这是一本简单的小书，是凯馨小女生的简单生活。

没什么大起大落，满是感恩和小确幸。

可她是一个远离家人，从新加坡一个人在北京生活的少女，虽然很多人会忘记这一点。

总会有孤独的时刻吧，总会有寂寞围绕的瞬间吧，总会有力不从心想要放弃的时候吧。

但她巧妙地，温柔地回避了这些时刻。

她只想把那些美好的、幸运的、善良的东西给你看。

这本书叫《任何天气都开心》，这是她最珍贵的地方，也是这么多人会爱她的原因。

这是她一个人的好天气，即便任何天气。

加油！凯馨。

我们二十岁见。

目录

Chapter 1

世界就是我的游乐场

目录

Chapter 2
就在这个季节拥抱

目录

Chapter 3
任何天气都开心

girls

Rolls

I'M

HAPPY IN ANY
W E A T H E R

Rolls

Chapter 01

世 界 就 是 我 的 游 乐 场

从新加坡『玩』到中国

很多记者哥哥姐姐在采访的时候，都会问我几个类似的问题。比如：你是从什么时候开始想成为一个艺人或者演员的？你为什么会想来中国发展？

其实在听到这些问题之前，我自己很少思考过这些问题的答案。

对于“艺人”这个概念，我心里一直是比较模糊的，我一直以来也没有因为想当一个艺

I'M A
OF
SUNSHINE

I'M A

I'M A
SUNSHINE
I
Love
my
DAD

人，所以才努力地去成为一个艺人。只是我做了自己比较喜欢的事，而恰好又被比较多的人知道，因此才有了现在作为“艺人”的我吧。

从小到大，我妈妈都鼓励我去做自己喜欢的事，而我小时候对于“喜欢”的理解，就是好玩，什么事情好玩，我就去做什么。

我觉得画画好玩，于是我就去学画画；我觉得吉他弹起来好玩，就

开始自学吉他，后来也有按照自己的想法去创作歌曲；我觉得设计衣服也挺好玩的，我妈妈也特别支持我，还穿着我设计的礼服走了红毯。

小的时候，有挺多同龄的小朋友抱怨被逼着学特长很痛苦，但是我很少有这种感觉，这大概就是这种“玩”的心态带给我的好处吧！

当然啦，也不是真的没有痛苦的时候，因为很多东西学到一定程度，

想要进步是很难的，所以我有时候也会跟自己赌气说：“吉他算什么，钢琴又算什么，不学了。”

但是赌气归赌气，冷静下来之后我还是会认真思考，我是不是真的喜欢这件事。

如果得出的答案是“Yes”，那么就算再难，我也要咬牙坚持下去。如果得出的答案是“No”，那么我也不会勉强自己继续坚持。比如跳舞，我就真的坚持不下去。因为当时学习跳舞的时候，也不是真的有很大的兴趣，因为看网络视频里别人跳舞还挺好看的，就去学了，结果我发现我跳舞竟然会同手同脚！弄得我特别尴尬，之后就没有再学过了。所以说，喜不喜欢真的太重要了。

不过我也不觉得遗憾，因为如果我连跳舞都会的话，那我也真是过分完美了，会遭人嫉妒的！哈哈，开个玩笑。其实妈妈很早就告诉过我人无完人的道理，我觉得我可以自由地去学习自己喜欢的东西，并且能学会这么多，已经很棒了。

学会欣赏自己的优点，学会接纳自己的不足，这样才会比较容易快乐嘛。

雨果说过，事情总是自然而然地发生的，就像夜幕降临，白日西沉。

我喜欢自然而然这个词语，因为它代表着不刻意，不拘束，不呆板。

我是一个很少给自己的未来设限制的人，我以后一定要做什么，一定要去哪儿，一定要走哪条路，这样的话我从来没有对自己说过。

因为我觉得其实未来的空间还很大，而我年龄也不是很大，现在说好“一定”的事，随着时间慢慢流逝，也许就不那么“一定”了。所以，我会允许自己多去“做梦”，然后走好脚下的每一步，顺其自然就好。

我觉得我来中国发展就是很自然而然的一件事。

说起来也是特别巧，因为我妈妈经常在朋友圈晒我的照片，她在上海的一个经纪人朋友看到了，刚好苹果广告微电影在选角色，就问

我要不要尝试一下。

当时我觉得这是我没有尝试过的事情，感觉好像还挺好玩的，就说试试吧。

当天妈妈帮我录了一个比较简单的自我介绍，很随意的那种，许鞍华导演看到后可能觉得这个自我介绍还挺自然的，就叫我去试镜了。

可是试镜的过程其实没有我想象中那么顺利。因为许鞍华导演是那么有名气又有才华的一个导演，而我又是第一次试镜，以前完全没有表演经验，所以还挺紧张的。

试镜的表演不是很复杂，就是让我在现场，假装有一个老奶奶坐在那儿，然后让我拿着扫帚演出一边扫地，一边在看老奶奶的那种感觉。

可能我太想表现得好一点儿了——毕竟机会难得嘛，所以总担心这个镜头那个角度拍出来不好看，或者这个动作不好看，于是怎么演都感觉不对。

演了几次之后，我其实心里是有一点儿着急的，也有一点儿自我怀疑，是不是我没有表演的天分?

然后许鞍华导演就过来拍了拍我的后背，很亲切地跟我说，就按照你平时在家里的样子去演，平时你在家是什么样的就按照那样去做，做自己就好，不要想太多。

这下我忽然就找到感觉了，后来再演的时候，导演还挺满意的，我也松了一口气。

当天试完镜，我就从中国台湾飞回了新加坡，对于结果我也不敢有太多的期待，因为我想就算没有被选上，这也是一次很不错的经历，已经赚到了！

幸运的是，第二天，导演说想要我出演这个角色，然后就有了我人生当中的第一个广告片《老唱片》。

再后来，因为这个广告片我又遇到了更多的机会，于是就这样慢慢成了一名艺人。

可以这么说，从新加坡到中国，我是一路“玩”过来的。

我想，世界对我来说，大概就是一个游乐场，充满了新奇，充满了色彩，我想多多感受，永远热情，一直热爱。

不管在哪里，不管在做什么，我只要保持“好玩”的心情，真实地，纯粹地去感受就对了。

至于为什么，就不想那么多啦。

世界那么大，出发就对了！

幸运会偏爱努力的人

...What now?...

在拍摄苹果的广告片之前，我的重心其实一直是放在音乐上，画画也一直在坚持，所以我也想过以后自己可能会去当一个歌手或者去美术学院读书学习设计，但是演戏真的是以前从来没有想过的。

《老唱片》这个广告片，应该是我人生当中的一个重要的转折点，因为这个广告片，我被更多人知道，也迎来了更多的机会。

《九州海上牧云记》是我接拍的第一部电视剧，老实说刚接到这个戏的时候，我心里其实还挺没有底气的。

因为我的母语是英语，学习中文的时间也不是很长，古装戏的台词和现代话又不一样，所以台词对我来说真的是一个大挑战。

Rome

What?

Hi!

在这个方面，我的经纪人帮了我很多，为了让我能理解台词，他特意帮我找了中戏的一位老师来教我台词。

中戏的老师很细心也很耐心，她在教我怎么说台词的时候，还会给我讲解台词的意思，方便我理解。

虽然这种认真的态度，给我的压力挺大的，但更多的是动力。

因为大家都在努力帮我，如果我还不认真的话，就算经纪人和老师不失望，我也会对自己失望的，所以在学习台词的过程中我做了很多笔记。

我记得当时我的剧本和笔记本都被我写得密密麻麻的，标了特别多的注解，中英文夹杂的，我的经纪人看到我的剧本都会笑我：“这个剧本除了你自己，估计没有人能看得懂了。”

我当时想，没人看得懂不是更好，这就是我的独门秘籍了，哈哈！

不过说真的，这些笔记在后面的表演中真的帮到我很多，所以我很感谢我的经纪人，还有教我台词的老师。

当然啦，我也要感谢一下在这个过程当中，始终认真对待工作的自己。

What's
your
name?

ORTH
BOARDING

可能有句话说出来会很欠揍，但我还是想说，我一直觉得自己是幸运体质。

第一次出演广告片就能和那么厉害那么有想法的导演合作，第一次拿到的角色就是阵容和制作班底那么强大的电视剧，我的运气真的可以说很好了！

可是我也知道，一个人不可能光靠运气就能成功的。

运气可能会为我带来一个机会，但是要抓住这个机会的话，我必须付出足够多的努力，不然的话，就算机会到了手上，它也会偷偷溜走。

有一句话我很喜欢也很认同，越努力就会越幸运。

我相信幸运是会偏爱努力的人的，所以越是想要得到好运气，

Say something!

就越应该努力。

不过，努力也不能没有方向，努力之前，要先弄清楚自己擅长什么，适合什么，然后再让自己擅长的变得更擅长，适合的变得更适合，这样才能坚持下去。

我其实不太会给自己设定非常长远的目标，但是会给自己设定很多短期的目标，比如今天要背完多少页台词，一周之内要看完哪本书。还有一些表演啊，学业上的事情，我都会给自己制订一些计划。

当我按照自己的计划去把这一件件小事完成的时候，我会给自己一些小奖励，比如睡一次懒觉啦，允许自己吃一块蛋糕啦之类的，心里成就感满满！

因为热爱，所以勇敢

最后一个，就是在和这么多演员对戏的过程中，我看到了真正的演员的样子。

这部剧我的戏份不算很多，但是和很多演员都有对手戏，尤其是看一些资深的前辈演戏的时候我还蛮震撼的，他们真的能做到一秒入戏，而且一旦进入戏中的状态就很少会被人干扰。

那时候我发现，原来一个真正的演员是浑身自带光芒的。

这一次的拍摄经历让我对“演员”这两个字有了更多更深的认识，

也让我对演戏有了更多的兴趣和想法。

拍完《九州海上牧云记》，我就一直想，只要有机会继续让我在演员这条路上走下去，我就一定不会放弃，一定会努力抓住。

但是说实在话，对于究竟怎么去抓住每一次机会，其实我心里是很迷茫的。

就像你知道你很想要树上的那个苹果，可是不知道怎么才能够得着，只能眼睁睁地看着它一样。

WHO ARE YOU?

拍摄《九州海上牧云记》的时候，我的收获还挺多的。

第一个，是学习了一些古装戏的礼仪。

因为这是一部带有魔幻色彩的戏，礼仪设计和一般的古装戏又不太一样，所以进组以后我就一直在学习，花了很多时间在这个上面。这个经历对我来说还挺特别的，因为我以前在新加坡的时候没有接触过中国古典文化这方面的东西，所以感觉自己学到了很多新知识，也体验了一把当古代人的感觉。

第二个，是认识到演戏必须要放开。

在这部剧里，我与饰演南枯月漓的女孩有一场互相扇巴掌的戏。私底下我和她其实是好朋友，有的时候横店晚上的气氛很恐怖，我们还经常去对方的房间里一起住，感情一直很好，所以那场戏一开始我们根本下不了手。

后来我们意识到如果一直下不了手，这场戏是没办法拍出好效果的，于是为了给对方戏，我们就狠下心开始打。

当时剧本里写的是打三次，但是进入状态之后我就顺着感觉走了，也没数打了多少次，直到后来看到剪辑出来的片子是打了六次。

这场戏后来观众也讨论得挺多的，大家看得还挺过瘾，我们也挺开心。

这场戏让我印象很深，也提醒了我，以后拍戏一定要放开，因为越是犹豫，反而会影响发挥。

♥	Lorem Ipsum

Gibson
Gibson

后来拍完《问题餐厅》，我想清楚了一件事，那就是我一定不能等着苹果自己掉下来，我得主动去学习。

拍《问题餐厅》的时候，我和焦俊艳姐姐的对手戏比较多，她是一个非常酷、演技非常好的演员，帮了我很多。

有一场哭戏我印象比较深刻，当时的情景是我饰演的袁千佳在纠结到底要不要跟妈妈离开餐厅，其实我在努力进入状态，但是不知道为什么就是没办法哭出来，是她用眼神帮我入戏，我才慢慢哭出来的。

以前不管是学吉他也好，学习设计衣服也好，基本上我都是自己去琢磨的，有点儿“瞎学”的感觉，但是演戏这件事，我开始意识到光靠我自己琢磨还不够。

武侠小说里的那些大侠也不是一出生就是大侠的，他们或者会得到一本秘籍，或者会遇到一个高人，总之都要经人指点、经过系统的训练才能成为大侠。

拍完《问题餐厅》我就一直想，我需要一个专业的指导老师。正好当时我还有一年就高中毕业了，也正面临着上哪所大学、学什么专业的问题，当时我就没有再去考虑别的路了，一心一意想要考表演类的大学。

我找了妈妈还有经纪人一起商量，他们也很支持我。

在中国，最有名的表演类大学就是中戏和北电，还有上戏。我

从新加坡到中国以后，一直是在北京的一个国际学校里念书，当然首先考虑的也是北京这边的学校。

为了准备艺考，我特别去培训了两个月。

原本我想我也是有过拍戏经验的人，而且我也觉得自己是有一点儿演戏天赋的，所以表演的话应该不会有太大的问题。但是开始培训的时候我才知道，原来艺考表演和荧幕上的表演是不一样的。

荧幕上的表演表情和动作会比较小，但是艺考的表演要求情绪饱满，台词还要说得非常标准，字正腔圆那种，比较像话剧。

当时我的中文不是很好，所以刚开始培训的时候有点儿崩溃。

怎么说呢，我就是微博上常常说的那种尴尬体质，很多事都容易觉得尴尬，一尴尬就有点儿想逃开。

那种放开式的表演一开始就让我觉得很别扭，因为现实生活中其实没这么戏剧化，就觉得很假。

但是后来我了解到，话剧之所以要这种放开式的表演，是因为话剧是现场表演，没有那么多机位那么多镜头对着你，如果你的情绪不饱满，肢体动作不大，台词说得不清楚的话，观众可能就看不清也听不清。

理解了这一点之后，我也就没有再排斥这种表演方式了，而且随着后面的练习越来越多，我开始越来越投入。而当我真正投入表演中的时候，我就没有多余的心思在意真和假这个问题了。

艺考的两个月准备得还挺辛苦，好在最终结果是好的，现在我也在北电的表演系读了一年的书了。

我知道这一切都不是结束，仅仅只是开始。

决定要继续在演戏这条路上走下去的时候，妈妈也曾经跟我长谈过一次。她很严肃地跟我分析做演员之后的一些利弊，也说过一定会有各种各样的声音，甚至是非常不好的声音，问我有没有做好心理准备。

她会担心我受伤，会担心我能不能扛得住演艺圈的各种压力。我没有非常肯定地告诉她我完全做好心理准备了，我一定会扛得住压力之类的，但是我告诉她，我很愿意去尝试承担这些，我也相信自己的能力。

妈妈很尊重我的选择，还夸我很勇敢。但是我想说，其实不是我本身很勇敢，而是因为热爱，让我有了勇气去面对未知的一切。

Chapter 02

就 在 这 个 季 节 拥 抱

如果有一天爱情真的来临了的话，我一定会马上去拥抱它

我只想和其他普通女生一样

进入演艺圈以后，工作渐渐变得多起来，拍戏和上学占了我生活的绝大部分，属于我个人的时间也变得越来越少。

大部分时候，我还是很享受这种状态的，因为我喜欢忙碌起来的感觉。如果突然空闲下来，我反而会觉得心里空落落的，好像少了一些什么似的，忙碌反而会让我觉得充实。

不过人毕竟不是机器嘛，一直处于高度紧张的忙碌状态的话，谁都会产生疲惫感。

拍戏有时候真的挺累的，有时候一些户外的戏份需要跑来跑去，体力消耗特别大，有时候碰到台词很多很难背的戏，就算是熬夜也要背完。

我妈妈是个主持人，她对

待工作一直很专业很认真，我以前不太理解她为什么背台词背得那么晚，就问她为什么不休息一下，或者明天再背。

妈妈会告诉我，这是她的工作，明天节目就要录制了，要是自己的台词不过关的话，影响的不是她一个人，而是为了这个节目付出的所有人，所以不管多辛苦，都要完成。

受到妈妈的影响，工作就要认真对待，就要拿出专业的样子，这种想法已经在我脑袋里扎根了。所以，只要是自己的工作，再苦再累我也会继续坚持，不会逃避。

HAPPY
IN ANY
WEATHER

可是其他时间我也会有想偷懒的时候，尤其是工作做完之后的那一瞬间。

我妈妈一直对我没有什么特别多的要求，她只要求我乖，要对经纪人和公司的人好，其他方面只要我开心就好。

但是我的经纪人就会对我有各种各样的要求，他会让我去上各种各样的课，也会提醒我各种事情，就像我爸爸一样，会管得比较多。

比如在我收完工疯狂想吃各

种美食的时候，他会提醒我要有一个女艺人的自觉，而且还会毫不留情地打击我：“别吃啦，你看你的脸已经胖了一圈了。”

可是我就是想吃啊，很多女生都能理解我的痛苦吧。控制体重真的是一件非常痛苦的事情，尤其是在很累又很饿的状态下，吃吃吃才是治疗不开心的最佳方式。这个时候让我不吃，我怎么可能忍得住?

所以，我有时候会故意和他唱反调，你不让我吃麦当劳，我

LA TAPATIA
RESTAURANT STYLE
STRIPS

偏偏要点双份汉堡，你不让我吃肉，我偏偏要在你面前吃，而且还要吃得很香。卡路里什么的，统统去见鬼啦。

经纪人每次看到我这样，都非常无奈，但是他也不会阻止我，只会告诉我记得坚持健身，这不完全是为了减肥为了瘦，也是为了我的身体健康着想。

我嘴上会答应，不过去了健身房以后会偷偷拍个照发个微博就撤。

我经纪人知道以后，就很拿我没有办法，但是他也不会教训我，只会哭笑不得地叹气。

其实我知道经纪人是为了我好，是在关心我，但是演员也好，艺人也好，除了“演员”和“艺人”之外，也是普通人。

我只想在某些时候，能和普通女孩一样，想吃就吃，想喝就喝，想偷懒的时候就偷懒，想大声说“不”的时候就说“不”。

有句话不是说，青春就是要放肆嘛，我也想要尝尝这种放肆的滋味。

不用太久，一下下就好。

好在我的经纪人，还有公司的大哥哥大姐姐们都挺包容我的，他们对我像女儿，像妹妹，会容忍我偶尔的任性和小脾气。所以到目前为止，我都还挺自在的，没有特别被束缚的感觉。

我很感谢他们，也很爱他们，比心！

我想说的都在我的音乐里

我的经纪人也好，公司的哥哥姐姐也好，都常常劝我多出去走走，多出去玩一下，趁着知名度还没有那么高的时候。因为，现在还能享受片刻的自由。

老实说，我没有很在意红不红这件事，而且我也不是那种喜欢四处跑的性格。

托了当艺人的福，我平时工作的时候就去了不少地方，认识了很多人，也体验了不同角色的人生，所以休息时间我也没想过一定要去哪里度个假。

不拍戏也没有其他通告的时候，我更喜欢一个人待在家里，穿着随意、舒服的T恤衫或者背心，然后弹一弹吉他，唱唱歌，写写歌，或者看一些中文的、英文的小说。

我享受这样的时间，因为整个人会很放松，也会觉得时间好

Panasonic
EH-NE11
1200W
1200

像变得慢了下来，每一秒都好像是上天送给我的礼物。

我从小就喜欢唱歌，七八岁的时候就在学校登台演唱过，虽然那时候紧张得都快要尿尿了，可是那种激动和喜悦的心情到现在都还记得。

最开始签约经纪公司的时候，我也是抱着当歌手的想法签约的。我那时候对未来的期待比较简单，可能就是努力写歌唱歌发歌，然后有一天有自己的专辑，有更大的舞台去演出，这样就够了。

但是公司给我制订的规划比我想的要丰富，他们给了我更多的可能性，比如拍广告，拍戏。

我不排斥这些可能性，也觉得做演员很有趣很开心。但是音乐我也不会放弃，因为唱歌是我很想坚持下去的一件事。

我的经纪人很支持我做音乐，每当我有了一个好的想法，想要创作一首歌的时候，他都会说："好，我们马上就去做。"

他会帮我做好很多准备工作，比如说歌曲的包装和宣传，挑选什么时间发歌之类的，而我只需要全心全意按自己的想法去创作就行了。

过去的经历，身边人的故事，还有我饰演的角色，都会成为我的灵感来源。

每当我独处的时候，我的脑子里总是会忍不住冒出一些奇奇怪怪的想法，也时不时会哼一些不知道怎么想出来的调子，哼着哼着

HA? HA!

就会想要拿出吉他记录下来。

虽然不是所有调子最后都能写出一首完整的歌，但是这个过程本身对我来说就已经很有趣了。

我在二〇一八年的年初发了第一张同名 EP，里面收录了三首歌，一首是方大同老师帮我监制的，另一首是一位中国台湾的老师帮我创作的，最后一首是我自己创作的作品，叫《在一起》。

发布之后我很开心，也有一点儿担心，因为不知道大家会不会喜欢。但是我的粉丝都很可爱，他们会鼓励我，也会催促我发新歌。

我曾经也定了一个小目标，那就是有一天能发一张正式的专辑，然后歌曲全部由自己创作，现在这个小目标我还在努力当中。

不过我的下一张 EP，已经收录的基本是我自己写的歌啦，还会有一些翻唱歌曲，虽然现在还没发，但是我已经在期待它出来的那一天了。

音乐是一座能够让我和我的内心保持沟通的一座桥梁。

我其实是一个不太会表达自己的人，经常说错话，也经常不知道该如何向亲人、朋友和粉丝们传递我的心情和想法，所以我希望能借助我的音乐来表达。

如果可以，希望爱我的你们都能听得到。

时间会帮我们记住

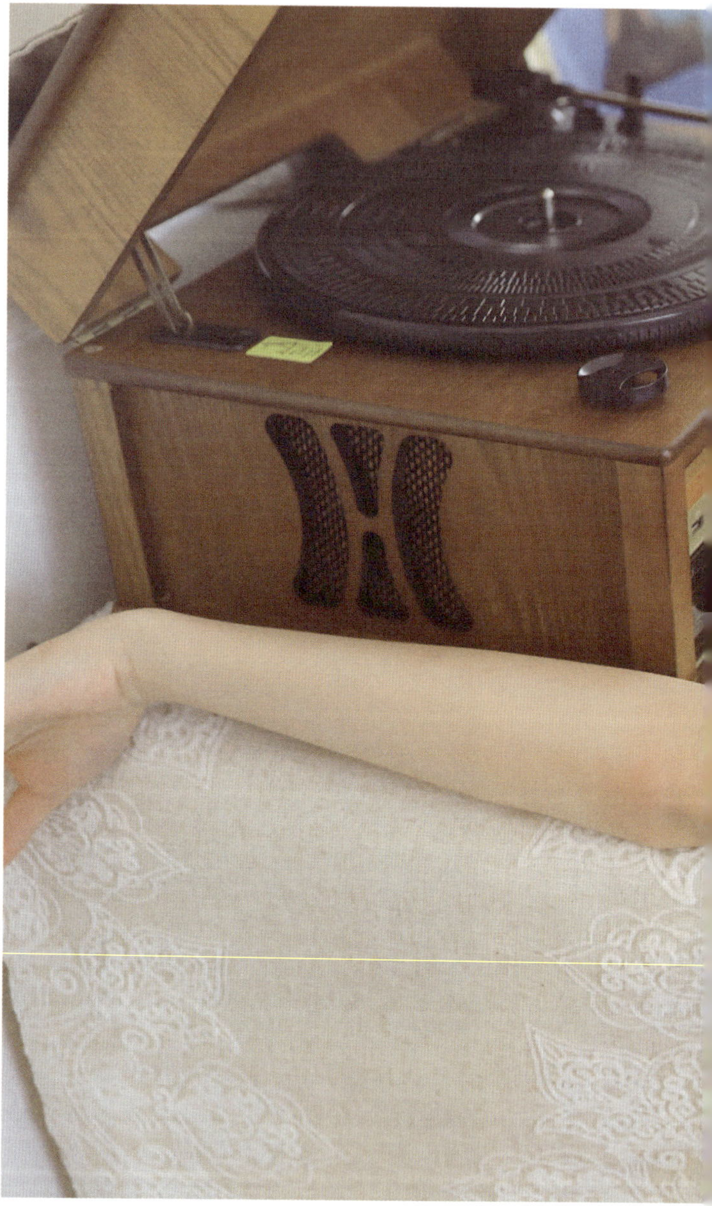

Whitney Museum
of American Art
March 24-June 26, 1994

HAPPY IN ANY WEATHER ……

小时候我经常被人欺负。

可能因为我的妈妈是个名人吧，大家看我的眼光就会有那么一点儿不一样，而且当时我又是我们班的班长，这样的“身份”在同学们眼中简直就是天然的敌人。

小时候当过班干部的人应该都知道，当班干部真的非常非常吃力不讨好，看着好像很威风，实际上总是很容易被同学排斥，尤其是一些很调皮的孩子，就喜欢跟班干部作对。

我那时候就经常被一些调皮的孩子捉弄，比如被扯头发啊，文具莫名其妙不见了之类的，他们会在背地里给我取一些不好听的外号，还会到处跟班上的同学说因为我妈妈的关系，所以老师特别偏心我。

其实，我也只是按老师交代的事情去做而已，并没有因为我妈妈是谁觉得有什么特权。但是小孩子的世界有时候是不讲道理的，无论你澄清多少遍，他们不愿意相信的就不会相信。

因此那个时候我的朋友不是很多，交朋友的标准也很简单，谁不欺负我，谁就可以当朋友，哈哈。

长大以后，对于朋友的理解当然没有小时候想的那么简单了，合得来自然就会成为朋友，合不来的就算是勉强，最后也会分开。

进入演艺圈之后，我也常常会被问到和以前的朋友还有没有联系这一类的问题。

其实，只要是能真正称得上朋友的人，我都有联系，但是我也

删过一些联系人。

因为我是一个很直接的人，我喜欢的人就会一直联系，可是我不喜欢的人，或者觉得不适合当朋友的人，我可能就不会多费心思去交流了。

我也从来没觉得自己是一个艺人就高人一等，我觉得不管一个人的身份是什么，觉得自己高人一等这种想法本来就是不对的。

唱歌也好，演戏也好，我都是在做自己喜欢做的事，只是这两件事让更多的人认识了我，这是一件值得开心的事，但是并不是值得我去骄傲去自大的事。

所以，我不会因为做艺人的原因，去选择联系谁或者不联系谁。

我在拍戏的时候，其实也交到很多合得来的朋友，在学校也

会有关系好的同学，但是他们也都有自己的生活和工作。当我闲下来的时候，我就会发现大家都在各个地方拍戏，很少会有时间能够凑到一起开开心心吃饭聊天。

每个人要走的路都不一样，在开始的时候，或许陪伴在你身边的是这一群人，但是渐渐地岔路出现了，大家都有自己的选择，于是与你结伴而行的可能就不再是最初的那一批人了。再到了下一个岔路口，又会重复一遍，有一批人会离开，然后可能也会遇到以前的人，但更多的是出现新的人与你同行。

所以啊，有时候人和人之间的联系，就连自己都没有办法完全掌控。

可是，这也不代表过去的情谊就消失了，不存在了。

只要是真心实意地付出过的感情，时间它总会帮我们记住。

如果可以，马上拥抱

每个女生应该都有过公主梦吧?

她们幻想着有一天能有一个骑着白马的王子来迎娶自己，从此过上幸福快乐的生活。

很小的时候我也有过这种幻想，虽然对方并不一定是骑着白马，但一定要高大帅气，深情款款，就像偶像剧里的男主角一样。

我们可以一起去看电影，一起手牵手逛街，一起去全世界各地游玩。

我光是想想就觉得好激动。

可是慢慢长大以后，我对于小时候这种幻想反而不怎么期待了。

偶像剧的桥段是很能打动少女心没错，可是恋爱不是只有这些浪漫的桥段。恋爱也不是童话故事里一句“幸福快乐”就可以概括的，恋爱的过程中可能会发生很多琐碎的事，也会发生矛盾和争吵。

童年时期的公主梦，还是太天真了。

现在的我，对于爱情依然很憧憬，但是很少会去想象一个具体的场景了，因为真实的经历比想象重要。

今年我刚过十九岁生日，明年就要迈入二十岁了，朋友或者公司的人有时候也会开玩笑问我，有没有打算找个小帅哥来恋爱。

我想说，其实还真的没有这个打算。

我没有想过因为年龄到了或者想要恋爱了，就特意去找一个人

完成这个任务，感情的事，还是要顺其自然。

另外，帅与不帅已经不是我现在的恋爱标准了。

我对长相没有特别的要求，他不一定要很高，也不一定要特别帅，但是他要有魅力，要有幽默感，还要有能力。

最重要的一点是，他必须有责任感，有担当。

虽然这样听起来好像有点儿严肃，可是我对待爱情真的是一个很认真的人，我很重感情，所以也希望另一半能抱着同样认真的态度去对待感情。

如果一开始就抱着随便的态度来交往的话，抱歉，我宁愿不要开始。

在感情上，其实我是一个没有太多自信的人。虽然我平时看起来有点儿“疯”，好像很开朗，一副无忧无虑的样子，但是一旦涉及情感的事，我就不是很擅长表达了，不了解我的人可能会觉得我比较难以打开心扉吧。

所以我也会担心，这样的我是不是没办法让人喜欢。

但是我的经纪人跟我说过一句话，我很感谢他，也会永远记得。

他说：“凯馨，你不知道有多少人欣赏你、羡慕你，你根本不必自卑，也不必怕受伤，很多人已经丧失了去爱的能力，可你，想爱就表达，敢爱就出发，那是非常难得的能力，在你这个年纪，你尽管纯粹地去爱就好了。要知道以后长大到一定年纪，就很难这么单纯地去爱一个人了。”

这句话给了我很多力量，让我不会再莫名担心一些还没有发生的事。

我想，如果有一天爱情真的来临了的话，我一定会马上去拥抱它！

我期望能有一段长长久久的感情，也期望所有爱我的人和我爱的人，都能有一段长长久久的感情。

愿我们，都能勇敢爱，获得爱。

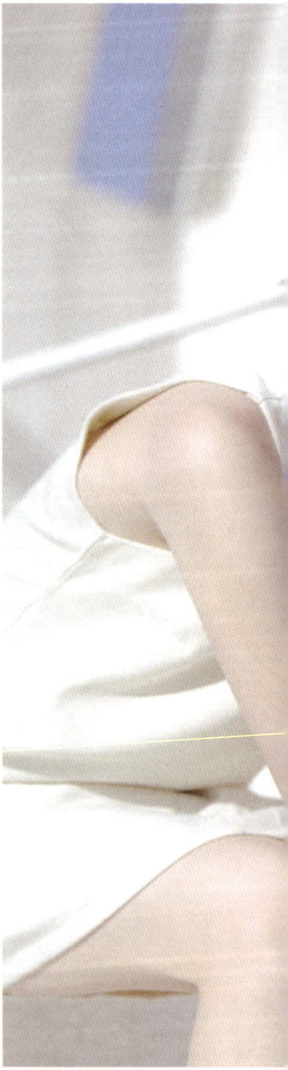

Chapter 01

任　何　天　气　都　开　心

/希望你们能遇到这样一个人，她会让你笑，而你，也愿意和她一起笑。/

开心是我的天分

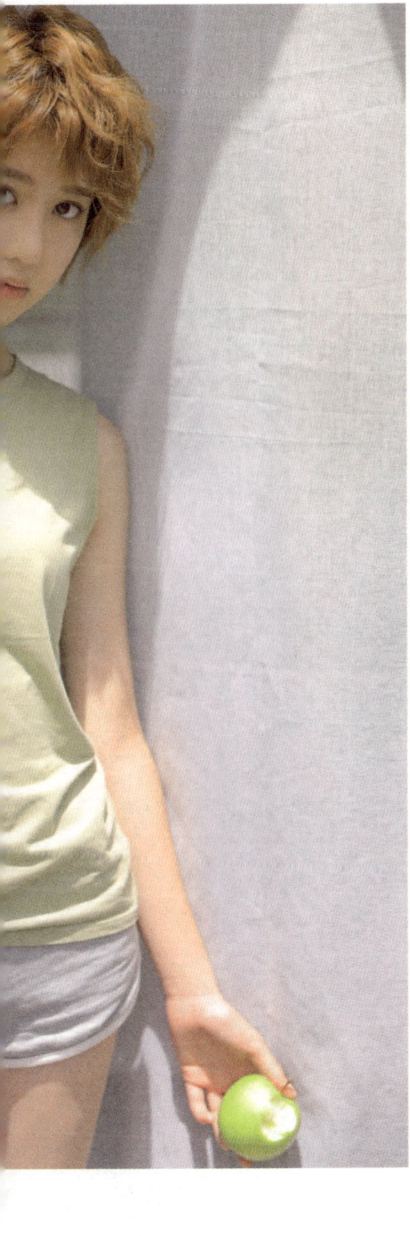

可能是因为我的名字“凯馨”谐音“开心”吧，我觉得我是一个很有开心天分的人。

我平时的性格比较大大咧咧，有点儿男孩子气，所以有个外号叫“凯哥”，就连我的粉丝也会这么叫我。

我觉得这种感觉还挺奇妙的，一下子拉近了和他们的距离，好像他们并不是网络另一端的陌生人，而是就在周围的熟人。

我是一个挺会给自己找乐趣的人，虽然我比较宅，但是很少会觉得无聊，因为除了弹吉他、唱歌、看书之外，我还喜欢拍视频。

我还研究一些运镜手法，脑子里也经常会有一些天马行空的点子，然后会找人和我一起拍出来，发布在抖音或者微博上。

粉丝们还挺喜欢看我拍的这些视频的，每次发出去都很受欢迎。碰到特别无厘头的那种视频，评论区都会有一长串的“哈哈哈哈哈”，他们的留言也超级好笑的，有人会说我不像一个女演员、女明星，说我的真实身份是一个搞笑视频博主，有人会说我是他们的快乐源泉。

看到这样的评论其实我还挺开心的，能逗人笑其实是一件挺难的事，能够成为别人的快乐源泉，在我看来其实是我的一种荣幸。

有时候我也会听到这样的话：“哎，凯馨，你好歹也是个青春少女偶像哎，怎么能一点儿偶像包袱都没有？”

我就说：“偶像包袱是什么？有这种东西存在吗？”

其实偶像也是人啊，也会喜欢玩，也会喜欢搞笑（现在好像流行一个网络词叫沙雕，哈哈），为什么一定要有包袱呢？

我是什么样子就是什么样子，做最真实的自己就好了。

工作的时候，我也会尽量保持开心的心情。

因为工作已经很辛苦了，如果还老是闷闷不乐的话，反而影响工作状态。

拍《我的波塞冬》的时候，里面涉及很多实验室的戏，台词里面有很多专业词汇，我中文虽然已经有很大的进步了，可是这些专业词汇对我来说还是很难记。

我还能怎么办，就背呗，不管是背到深夜一点还是两点，总之就是一直重复一直重复，就为了第二天的表演能够顺畅。

我的助理也是陪着我的，其实有时候我们俩都很困，但是没有办法啊，得坚持，于是我们就会互相开开玩笑。

网络上不是把熬夜称作“修仙”吗？每次背台词背到很晚的时候，我们就会说：“好，今日‘修仙’又要开始了。”

犯困的时候，我们也会一起尬演，用那种很好笑的方式把明天要拍的戏预演一遍，演着演着就精神了。

总之，为了使这段时间显得不那么痛苦，我们用了很多方式。

我觉得一件事顺利还是不顺利，大部分时候是看心态的。

心态好的话，很多问题都不是问题，心态不好的话，一点点小问题都会被无限放大。

我记得，小学的时候，课本上有一个故事。

大概是说，桌子上有一个玻璃杯，杯子里装着半杯水，一个人走过来说：“天啊，只剩半杯水了怎么办？”

可是，另外一个人走过来说：“太好了，还有半杯水！”

水的多少一直没有变，可是有人开心，有人却闷闷不乐，这都是取决于各自不同的心态而已。

无论是生活还是工作，我想，我都会选择去做那个开心的人。

没事笑一笑，烦恼都跑掉嘛！

流泪也没什么大不了

苹果的广告《老唱片》刚刚出来的时候，我其实没有太多实感。

我身边的同学看到了广告，虽然会觉得很神奇，但是除了一句有点儿兴奋的“哎，李凯馨，我在电视上看到你了耶”之外，也没有什么其他特别的表现。

我真正开始意识到自己有粉丝了，是在《九州海上牧云记》播出以后，微博的粉丝涨了，网络上也渐渐有了一些新闻和评论的声音。

妈妈也好，经纪人也好，在我出道之前就叮嘱过我，对于粉丝的增长还是减少、外界的评论和声音是好是坏，都要以平常心去看待，否则会很辛苦和痛苦。

虽然知道他们说的有道理，但是刚开始的时候我难免还是会在意。

我会在意粉丝是增加还是减少了，会在意外界是怎么看我的，然后无意间我就看到了一些恶评。

有些人也不知道为什么，明明你也没有做什么过分的事，可是对方会用尽一切难听的话语来骂你。

经纪人和妈妈告诉我，那些人只是一些网络喷子，不用去管他，但是那时候我还没办法完全做到不介意。

我每看到一条恶评，虽然会提醒自己不要去想它，可是脑海里总是忍不住去想它。

后来这种负面的情绪越积越多，积累到承受不住的时候，我大哭了一场。

哭完、发泄完之后，我忽然就想明白了，在意这种恶评除了影响自己的情绪之外，根本没有任何作用。

后来，我就不再去想这些恶评了。

粉丝的评论，媒体的声音，我偶尔还是会关注，那些善意地提出我的不足的评价，还有关于演技方面的评价，我会很认真地去看一看，学一学，但是那些没有什么意义的恶毒的话，我就直接过滤掉了。

工作的时间越久，我发现我的内心越来越强大，虽然不可避免还是会有生气和难过的时候，但是我已经学会如何自我消化和排解。

以前难过的时候，我会习惯性地憋着，表面上继续嘻嘻哈哈跟没事人一样，因为我总觉得我已经长大了，要成熟稳重一点儿，不能再哭鼻子了，否则会让人笑话。

但是那一次大哭一场之后，我发现其实哭也没什么大不了的，其实我也还年轻啊，哭也是我的权利，何况哭也只是一种发泄情绪的方式，并不代表着我就很软弱。

所以，现在我已经不会再强迫自己压抑情绪了。

遇到让我生气的人，要么直接怼回去，要么就远离他。

难过的时候，我会听一听舒缓的民谣，或者干脆将坏心情发酵之后写成歌，唱出来。

如果这样心情还是好不起来，那我就干脆大哭一场。

哭完，又是一条开开心心的“汉子”！

感谢叶木栖

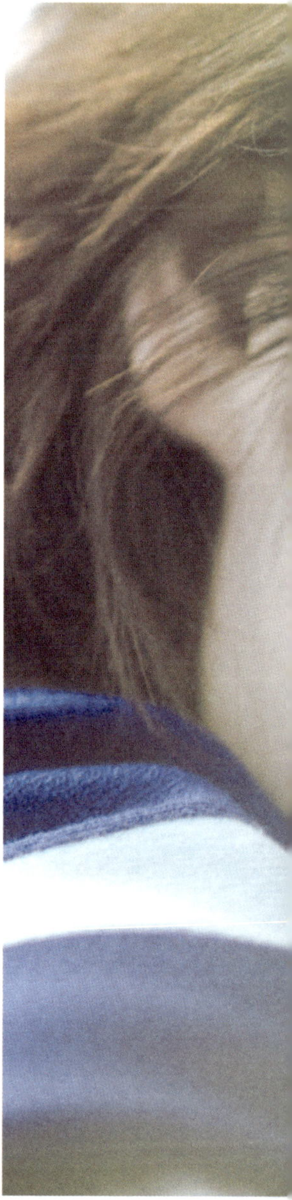

《班长大人》中的叶木栖，是我演的第一个女一号角色。

其实刚开始收到《班长大人》的剧本的时候，我是有点儿拒绝的，因为这是漫画改编的作品，漫画里的一些台词用到现实生活中有时候是很奇怪的，而我的中文又没有那么好，所以就有点儿怕演不好。

我的经纪人一般很尊重我的意见，我觉得不合适的戏他也不会勉强我。就像我刚拍完《九州海上牧云记》的时候，有过大女主的戏找过来，我也是觉得自己目前还没准备好，撑不起大女主的戏，就拒绝了，他也没有多说什么，还觉得我的想法是对的。

但是这部戏，他劝我和导演先聊一聊，想好再做决定。

我很信任他，所以就跟着他一起去见导演了，见过导演和他聊过之后，我就下定了决心出演。

下定决心的原因，一是我觉得导演是一个很有想法又很随和的人，让我觉得很放松，二是我们聊完剧本以后，我发现叶木栖这个角色后期是有成长的，这也不完全是一部只为了搞笑的剧，还是有很多意义在里面，至于台词难题，努力去背就好了。

当时我真的是抱着又要苦背台词的想法去参演的，结果拍摄的过程中，完全没有我想象中的尴尬。

导演的工作方式还挺特别的，有时候不会完全按照剧本写的那样来，他会告诉我们一个戏的大概情绪和要呈现出来的效果，然后其他的便让我们自由发挥。

包括台词也是，有我自己即兴发挥的部分，也有导演突然来的灵感，然后他再教我怎么去说。

他会让我们尽量放飞自我，哪怕最后呈现出来的效果不好也没有关系，但是这个过程中我们自己必须要感到开心，如果连自己都不开心，那么镜头前的观众也不会感到开心的。

导演还说，他希望我们所有人都享受其中，并且都能学到东西，有所进步，这一点也让我觉得特别感动，让我完全放下了压力，一心只想把戏演好。

一直到现在，我都很感谢《班长大人》这部戏，也很感谢“叶木栖”这个角色。不是因为这部戏导演给了我女一号，老实说，我知道自己还有很多地方需要去学习需要去进步，所以也没有特别在乎是不是女一号这点，我只是真的很感谢这个角色给我带来的一切。

温暖的导演，愉快的拍摄过程，新交到的演员朋友，所有一切都很美好。更美好的是，叶木栖这个角色，让我忘记了过去关于“班长”的不愉快回忆。

她有些中二，有些神经质，有些倔强。

她也很善良，很仗义，很勇敢。

她用自己的方式关心着身边的每一个人，同时也被人喜欢和关心着。

叶木栖给我注入了一个和过去完全不一样的关于“班长”的记忆。

我很开心能够遇见叶木栖，也希望大家的生活中，能够遇到一个这样的人。

她会让你笑，而你，也愿意和她一起笑。

我与孤单和解了

在离开新加坡之前，妈妈开玩笑地对我说：“以后想家的话可不要哭哦。”我那时还觉得她这话很夸张。

因为我是一个适应能力还挺强的人，我不择床，到哪里都能睡得习惯，我也不挑食，很多东西都爱吃。而且中国和新加坡没有多远，现在交通这么发达，想家了就坐飞机回去嘛，或者也可以让妈妈坐飞机来中国看我呀。

所以，我觉得我应该不会有那么多伤感情绪。

刚来中国的时候，我的确是一点儿都不伤感，因为一切对我来说还挺有趣的。

好吃的食物有趣，工作的内容也都是以前没接触过，很有挑战性的，读的学校也是国际学校，和我在新加坡的时候没有特别大的区别。

既有新鲜的地方，又有熟悉的地方，何况妈妈还会时不时地到北京来看我，我就更加没有什么孤独和想家的情绪了。

但是随着工作越来越多，我也变得越来越忙的时候，孤单偶尔也会乘虚而入，然后我发现，当我独处的时候，我也会开始想家，想妈妈了。

而我当初设想的那些，想家了就飞回去，或者让妈妈飞过来看我，不是每一次都能做到的。

成人的世界没有容易这两个字。

妈妈有自己的工作要做，而我的时间也总是排得满满的，世界不总是围绕着我来转，我不能一孤单就让妈妈过来看我，也不能次次都打电话给她，占据她太多的时间。

那么，我怎么度过这段时间的呢?

一开始我会转移自己的注意力，比如看一些搞笑的视频什么的，但这种方式也不总是有效的，因为孤单这种感觉并不是人可以控制的，你不知道它什么时候来，也不知道它什么时候会走。

后来，我就学着不再去对抗它，它存在就存在吧，不去在意它就好了。

我要做的，是让自己变得更优秀，让自己的内心变得更加强大一些。所以，该学什么继续学，该做什么继续做，然后在某个瞬间，我就发现自己好像也不那么伤感了。

现在，我多了一名“骑士”，那就是我的狗狗。

我会和它诉说一些有的没的，它也是一个很好的聆听者。

有了它的陪伴，生活多了很多乐趣，我感到孤单的时候也越来越少了。

黑骑士，感谢你的出现哦!

生活就像一盒巧克力

数一数，从我拍第一个广告片出道开始到现在，竟然已经过去了四年。

时间过得可真快。

这四年，我的演员试卷上写上了《九州海上牧云记》《问题餐厅》《班长大人》《莫语者》《我的波塞冬》《加州游戏》《倩女幽魂之人间情》和《强风吹拂》。

这些作品有的播出了，有的马上就要播出，有的正在拍摄。

而我的歌手试卷上则写上了《在一起》《墨水笔与橡皮擦》《那个女孩》，还有我最喜欢的一首英文歌的翻唱《Tattoo On My Face》。

还有一些尚未公布的作品，未来也会和大家见面。

如果说非要给这两张试卷打分的话，我不敢给自己打多高的分，我只是很感谢能有机会继续把这两张试卷做下去。

我喜欢演戏，喜欢去研究每一个角色，喜欢揣摩她们的内心，喜欢去想象她们是如何生活，如何说话，如何行走，喜欢借着她们的身份，来感受不同的人生。

我喜欢唱歌，喜欢写歌，喜欢将自己所有的感悟写进歌里，喜欢将自己所有的心情唱进歌里。

生活就像一盒巧克力，你永远也不知道下一块会是什么味道。

我不知道未来会是什么样，也不想去想这个问题。

我只想继续这么喜欢下去，继续努力演戏，继续努力写歌、唱歌。

还有，继续努力成为我想成为的人。

我絮絮叨叨说了这些，可能有的内容重复了很多遍，有的还没来得及说出口。但这些都不重要，重要的是最后一句话，我想好好说。

感谢你们所有的支持!

还有，我爱你们!